誰も気づかなかった

長田弘

みすず書房

Nobody Noticed

by

Osada Hiroshi

First Published by Misuzu Shobo Ltd, 2020

目次

挿画　カスパー・ダーヴィト・フリードリヒ「ゴシック様式の窓の壁龕にいるミミズク」より

誰も気づかなかった

I

微笑みがあった。
それが微笑みだと、
はじめ、誰も気づかなかった。
微笑みは苦しんでいたからである。

苦しみがあった。
それが苦しみだと、
周りの、誰も気づかなかった。
苦しみは無言だったからである。

無言があった。
それが無言だと、
ついぞ、誰も思わなかった。
無言は飄々としていたからである。

飄々とした人がいた。
しかし、飄々と生きてきた人だと、
誰も、知るよしもなかった。
飄々とした人は激怒していたからである。

激怒があった。
それが激怒だと、
誰ひとり、気づかなかった。
激怒は悲しんでいたからである。

悲しみがあった。
それが悲しみだと、
誰ひとり、考えなかった。
悲しみは微笑んでいたからである。

II

本があった。
しかしそれが本だと、
ここにいる誰も、気づかなかった。
本は読まれなかったからである。

ことばがあった。
しかしそれがことばだと、
ここにいる、誰も思わなかった。
ことばは意味をもたなかったからである。

意味があった。
しかし意味には、
何の、どんな意味もなかった。
意味を誰も考えなかったからである。

なぜがあった。
しかしなぜと、
ここにいる誰も、問わなかった。
なぜには答えがなかったからである。

智慧があった。
しかしそれが智慧だと、
ここにいる誰も思いもしなかった。
智慧は尋ねられなかったからである。

頭上には、空があった。
孤独があった、
空の下には。

Ⅲ

どこにも問いがなかった。
疑いがなかったからである。
誰も疑わなかった。
ただそれだけのことだった。

どこにも疑いがなかった。
信じるか信じないか、でなかった。
疑うの反対は、無関心である。
ただそれだけのことだった。

どこにも真実がなかった。
真実とされるものは、しばしば
まがいものだったからである。
ただそれだけのことだった。

そこにあるものを、目が見ない。
そこにあるものを、耳が聴かない。
そこにあるものを、からだが知らない。
ただそれだけのことだった。

どこにも危険はなかった。
危険もまた、最初はただ、
些事としてしか生じないからである。
ただそれだけのことだった。

あらゆることは、ただそれだけの
些事としてはじまる。
戦争だって。

Ⅳ

幸福かと訊かれたら、
誰だって、戸惑い、ためらう。

幸福は答えではないからである。
幸福は状態でないからである。
感情でなく価値でないからである。
幸福は定義だからである。

カウフクはシアハセのことである。
フシアハセでないことである。

サイハヒと、運命という漢字に
ふりがなを振ったのは、言海である。
カウフクはサイハヒのことである。
サイハヒナキことがフカウである。
カウフクはフカウでないことである。

守護神によくまもられて在ること。
それが幸福だと、
ギリシアの賢人は言った。
けれども、幸福の守護神は、
もうどこにもいないのである。

守護神にまもられることなく、
ここによく在ること。
今はそれだけである。

Happinessではない。
幸福はWell-beingである。

V

ほんとうのことというのは
ほんとうのことなのだろうか
うそではないぜったいにといえば
それはほんとうのことだろうか

きれいごとはしんじない
だがきれいごとでなければ
それはほんとうのことだろうか

なにもいうことがないなら
それはほんとうのことだろうか

しらないことはしらないのだ
おぼえがないきおくにないなら
それはほんとうのことだろうか

ほんとうにいわなかったといえば
それはほんとうのことだろうか

ほんとうにそういったといえば
それはほんとうのことだろうか

それがほんとうなのだといえば
それはほんとうのことだろうか

ゆめであるきぼうであるといえば
それはほんとうのことだろうか

いっそのことこのよのすべては
たばかりといってしまえばいいのだ
しかしそれはほんとうのことだろうか

VI

怒っている人だって笑うときがある。
けれどもその人は笑わなかった。

不機嫌な人だって笑うときがある。
けれどもその人は笑わなかった。

悲しい人だって笑うときがある。
けれどもその人は笑わなかった。

苦しんでいる人だって笑うときがある。
ペシミストだって笑うときがある。
頑なな人だって笑うときがある。
けれどもその人は笑わなかった。

眠れない人だって笑うときがある。
いつも黙っている人だって
笑うときがある。

日の光だって笑うのだ。
陽だまりの猫だって笑うのだ。
木々の枝々だって笑うのだ。
ハシブトガラスだって笑うのだ。
けれどもその人は笑わなかった。

その人が逝ったのは冬の寒い日だった。
そしてじぶんの葬儀の日に
そこにいないのがうれしいというように
その人ははじめて笑ったのである、
その遺影のなかで。

VII

そうでないのかそうであるのか、二つに一つ。
間違ってないか間違ったか、二つに一つ。

嫌いか好きか、汚いかきれいか、
青か赤か、だめかいいか、
本当でないか本当なのか、
うそじゃないのかうそなのか、
やめるか、それともつづけるか、
敵でなければ味方、味方でなければ敵、
世の中は万事が万事、二つに一つ。

考えるとは二つに一つを選ぶことである。
――そうだろうか。
そうでないのではないか。

なぜかって、二つに一つは、
結論を先にもとめて、過程をもたない。

しかし「考える」は選択でなく決断でない。
物事は二つに一つでなく、何事も
二つに一つだと考えないところから、
「考える」ははじまる。

たとえ誤りにみちていても、
世界は正解でできているのでなく、
競争でできているのでもなく、
こころを持ちこたえさせてゆくものは、
むしろ、躊躇や逡巡のなかにあるのでないか。

何だって正しければ正しいのでない。

VIII

ある日、橋は川に訊いたのだ。
きみは何でできている？

川は言った。わたしは
流れてゆく水でできている。
きみは何でできている？

橋は言った。わたしは
きみでできている。
川があるから、橋はあるからだ。

そうであるなら、きみにとって、
あるいは、わたしにとって、
自分て何だ？　自分が自分でない、
他の何かでできているのなら。

川は言った。わたしは思うのだが、
自分というのは記憶でできている。
流れる水が残してゆく
記憶でできている。

橋は訊いた。その記憶は何で？
時とよばれるものでできている。

では、時は何で？　一日一日で。
一日一日は何で？　習慣で。
習慣て何だ？　在り方だ。
すべてそう在るものはそう在るのだ。

きみは何でできている？

夜の散文詩

図書館の木の椅子

木目のうつくしい木の椅子。しかしクッションはない。ただ木地のまま。本を読むためだけにつくられた木の椅子。わたしが日々に偏愛するのは、一にニューヨーク公立図書館の木の椅子だ。

五番街と六番街にはさまれた四十二丁目沿いの、ニューヨーク公立図書館は、二匹の石のライオンが正面の入口の石段の左右を護る、古きよきニューヨークの面影をいまにのこす図書館。

図書館の中の図書館と言われる、「忍耐《ペイシエンス》」と「不屈《フオーテイテユード》」という名をもつ二頭の石のライオンの護る図書館が、或る年のこと、閲覧室の椅子を新しくして、その新しくした木の椅子を、記念に頒けた。

そのときにわたしは、幸運にも、座る人に時を忘れさせる、その石のライオンの図書館の木の椅子を手に入れて、そうして、その椅子に座って、忘却の砂に埋もれたことどもをゆっくりと思いだしてゆくことの深い楽しさを覚えたのだった。

大事な何かを思いださせる木のちから。よい木の椅子だけが秘めている、木のちから。「忍耐」と「不屈」に護らるべき、人生という切ないものに必要なのは、どんなものより、よい木の椅子だ。

静かな闇の向こう

真夜中、静かな村の道を、亡くなった女が、遠くへ歩いてゆく。女は大きく、背が高く、牛のように優しかったが、生まれつき口がきけず、或る日重い病に冒され、幼い子をのこして、突然亡くなったのだ。

最初の授業で、白墨で黒板に大きな円を描き、「地球です」と先生は言った。先生は一年後村を去り、夢やぶれ、病で亡くなって、灰になって、村に戻った。まん円い自然石が土に置いてあるだけの、先生の墓。

鳥のように空を飛びたかった少年がいた。毎日高い場所から飛び下りる練習をし、或る日、都のいちばん高い塔から飛び下りた。少年の姿はそれきり鳥のように空のなかに消え失せ、二度と見つからなかった。

十歳にもならなかった頃に読んだ本のなかで出会った人たちが、齢を重ねたいま、しきりと懐かしくなるのはなぜだろう。

みんな本のなかに住んでいた。本のなかにはいつも静かな闇があり、その静かな闇の向こうに住むみんなは、一人一人全然違うのに、みんなおなじ名を持っていた。

「悲しい」が、みんなの名だった。

ONE

一本の蠟燭を囲んで、男が三人、もういない幼なじみのことを話していた。

Oは、と一人目の男が言った。ことばが極端に少ないやつだったが、いつでもどこでも微笑を絶やすことがなかった。最期までそうだ。ガタン、突然、椅子から転げ落ちて、床に仰向けに倒れ、目を開け、微笑を浮かべて、そのまま逝った。その微笑はいのちを奪う凶器でもあったのだ。

Nは、と二人目の男が言った。亡くなったことさえ知られなかった。家族を持たなかったため、部屋で倒れて亡くなっていたと知られたのは、死後二カ月をへて。長い友人だったが、考えてみるとNのことは何も知らないのだ。いや、一つだけ知っている。Nは三陸のホヤが好きだった。

人は、誰が、誰に対して、どのように、意味ある存在であるのだろう。

Ｅは、と三人目の男が言った。向こうを向いて、そこに立っていた。Ｅだと気がついたが、声はかけず、追い抜いた。Ｅはがんで亡くなったのだ。四カ月前に。死んでも、魂は、どこかにのこっていて、ああ、そこにいるとはっきり感じる瞬間がある。生きてるんだ、死者は、後ろ姿だけで。

一瞬は永遠よりも長い

そこがどこだったのか。街だったのだろうか。そのとき何を、わたしはしようとしていたのだろうか。周囲はおどろくほど静かだった。しかし、降り積もったような静けさは、奇妙なことにとても喧しかった。

大勢の人のなかにいたという感覚と同時に、誰もいない場所にいたという感覚がのこっている。尖った夜気のなかにいたという冷たい感覚のなかに、あたたかな日の光の下のやわらかな感覚が入り込んできた。

真冬の夜、新宿駅のホームで、電車を降りた途端に、その日激しく発熱していたわたしは、いきなり冷たい外気に殴られて、気を失った。何の物音もしない。森としたなかに、何かが深く息しているような気配だけ。どこにわたしはいるのか。

そのまま停車中の車両に凭れ込んでしまったらしいわたしに駆け寄って、がっしりと抱きとってくれたのが、誰か知らない。両頰を叩かれて、意識がもどるまでの、死に近づいた、たぶんほんの一瞬の出来事。

その一瞬は永遠よりもずっと長かった。そしてふしぎなほど甘美だった。

街路樹の幻

家の近くの通りでこれまで街路樹として親しんだ、丈高いエンジュの木が、すべて新しい若木に植え替わった。

エンジュは、夏に黄白色の小さな花が房になって集まって咲く。咲いた後は、いつも花穂のまま舗道に散って重なった。

街路樹は、いわば、道ゆくものの毎日の友人としての木だ。木に親しみを覚えると、二つのことを意識するようになる。

一つは、季節。木の友人になるには、春夏秋冬、最低でも一年はかかるのだ。季節の年輪をじぶんの内部にもつのが木だ。

もう一つは、風景だ。たとえ一本だけで立っていてさえ、木はどこまでもみずから風景であることを生きる存在だ。

あるとき、雨風の激しい日、雨の通りを歩いていた。気がつくと、なくなったはずのエンジュの街路樹が目の先に、列をなして、遠くまでつづいているのが見えた。見えない木は存在するのだ。記憶のなかに。それは雨風のひときわ激しい日にだけ、束の間、雨風に煙って、もとのまま現れる。現実だけが世のぜんぶなのではない。

「誰も気づかなかった」Ⅰ〜Ⅷは『愛高組新聞RENTAI』（愛知公立高等学校教職員組合発行）に二〇〇四年から二〇一二年にかけて連載された。

「夜の散文詩」の五篇、「図書館の椅子」「静かな闇の向こう」「ONE」「一瞬は永遠よりも長い」「街路樹の幻」は『臣福』（臨済宗建長寺派宗務本院発行）に二〇〇九年から二〇一三年にかけて連載された。

著者略歴

（おさだ・ひろし）

詩人．1939年福島市に生まれる．1963年早稲田大学第一文学部卒業．65年詩集『われら新鮮な旅人』でデビュー．98年『記憶のつくり方』で桑原武夫学芸賞．2000年『森の絵本』で講談社出版文化賞．09年『幸いなるかな本を読む人』で詩歌文学館賞．10年『世界はうつくしいと』で三好達治賞．14年『奇跡―ミラクル―』で毎日芸術賞．2015年東京都杉並区で死去．『長田弘全詩集』『最後の詩集』（みすず書房）がある．

長田弘

誰も気づかなかった

2020年 5月 3日　第1刷発行
2021年 12月 15日　第2刷発行

発行所 株式会社 みすず書房
〒113-0033 東京都文京区本郷2丁目 20-7
電話 03-3814-0131(営業) 03-3815-9181(編集)
www.msz.co.jp

本文印刷所 精興社
扉・表紙・カバー印刷所 リヒトプランニング
製本所 松岳社

ISBN 978-4-622-08912-4
[だれもきづかなかった]